2 mai 1900

VENTE

POUR CAUSE DE DÉPART

Les Mercredi 2, Jeudi 3 et Vendredi 4 Mai 1900

HOTEL DROUOT, SALLE N° 1

à deux heures un quart

BELLE COLLECTION

DE

PORCELAINES ANCIENNES

DE LA

Chine et du Japon

MOBILIER

OBJETS D'ART — TABLEAUX

Me Georges DUCHESNE	M. A. BLOCHE
COMMISSAIRE-PRISEUR	EXPERT PRÈS LA COUR D'APPEL
6, Rue de Hanovre, 6	28, Rue de Châteaudun, 28

EXPOSITION PUBLIQUE

LE MARDI 1er MAI 1900

DE 2 HEURES À 6 HEURES

CATALOGUE

D'UNE

BELLE COLLECTION

DE

Porcelaines Anciennes

DE LA

CHINE & DU JAPON

Pièces précieuses des meilleures époques provenant des Collections

d'Alcochette, Bourrée, de Camondo, Denain, Clémenceau, de Goncourt

Fournier, Lafaulotte, Sichel, Méchin, Vappereau, etc.

OBJETS D'ART, SCULPTURES, BRONZES

EUROPÉENS

Tableaux, Dessins, Aquarelles, Gravures

MOBILIER

Tentures, Tapis, Objets divers

DONT LA VENTE AURA LIEU

POUR CAUSE DE DÉPART

HOTEL DROUOT, SALLE N° 1

Les Mercredi 2, Jeudi 3 et Vendredi 4 Mai 1900

à deux heures un quart

Me Georges DUCHESNE

COMMISSAIRE-PRISEUR

6, Rue de Hanovre, 6

M. A. BLOCHE

EXPERT PRÈS LA COUR D'APPEL

28, Rue de Châteaudun, 28

EXPOSITION PUBLIQUE

LE MARDI 1er MAI 1900

de 2 heures à 6 heures

CONDITIONS DE LA VENTE

Elle sera faite au comptant.

Les acquéreurs paieront *cinq pour cent* en sus des enchères.

L'exposition mettant à même les acquéreurs de se rendre compte de l'état et de la nature des objets mis en vente, il ne sera admis aucune réclamation une fois l'adjudication prononcée

Paris. — Imprimerie Artistique Ménard et Chaufour. 8-10, rue Milton.

DÉSIGNATION

ANCIENNES PORCELAINES DE CHINE

1 — Vasque, décor à poissons au milieu des flots de la mer et de plantes aquatiques, en bleu et rouge de cuivre sur fond blanc. Époque des Ming. Socle en bois des Iles sculpté orné de bronzes, de la Maison Viardot.

Haut. : 0m50 (1).
Diam. : 0m52.

2 — Grande bouteille décorée de dragons en couleurs variées se débattant au-dessus des flots. Provient du Palais d'Eté. Époque Kien-Long. Sur socle en bois de fer sculpté.

Collection Bourrée.

Haut. : 0m55.

3 — Vase pyriforme, décor fond jaune impérial aux dragons à cinq griffes, peau couleur de pêche, se débattant au-dessus des flots de la mer. Époque Kang-Hi. Socle en bois de fer.

Collection Bourrée.

Haut. : 0m37.

(1) Les dimensions indiquées sont celles des pièces en porcelaine sans les socles.

4 — Vase forme balustre renversé, fond gros bleu offrant en réserve en blanc et gravé sous couverte, un dragon à trois griffes. Socle en bois de fer sculpté. Époque Sioen-Té.

Collection Bourrée.

Haut. : 0m40.

5 — Vase forme balustre renversé, fond jaune impérial offrant deux dragons verts se débattant au-dessus des flots. Époque Ming. Socle en bois de fer.

Haut. : 0m30.

6 — Vase pyriforme, décor au dragon vert émeraude sur une face et oiseau de paradis sur l'autre face, au milieu de branchages et de fleurs sur fond blanc. Époque Young-Tchin. Socle en bois de fer.

Collection du comte de Camondo.

Haut. : 0m28.

7 — Bouteille à long col, fond bleu fouetté, offrant sur la panse des chiens de Fô, et sur le col un dragon en rouge de cuivre. Époque Kang-Hi. Socle en bois de fer.

Haut. : 0m40.

8 — Bouteille en céladon vert craquelé. Époque Kang-Hi. Socle en bois de fer.

Haut. : 0m38.

9 — Bouteille fond blanc, offrant sur la panse des lions jouant avec des boules en bleu et rouge de cuivre. Époque Kien-Long. Socle en bois de fer.

Haut. : 0m37.

10 — Deux bouteilles, décor en bleu agatisé à branchages et entrelacs fleuris. Époque Kang-Hi. Bouchons en argent. Travail oriental ancien.

Haut. : 0m20.

11 — Bouteille couleur orange avec coulée de limaille de fer. Époque Kang-Hi. Socle en bois de fer.

Collection Bourrée.

Haut. : 0m28.

12 — Potiche avec couvercle, décor bleu et blanc à oiseaux perchés au milieu de branchages. Époque Kang-Hi. Socle en bois de fer.

Haut. : 0m40.

13 — Gourde offrant sous couverte des animaux de toutes espèces dans des paysages, en polychrome sur fond blanc. Époque Ming. Socle en bois de fer.

Collection du baron Méchin.

Haut. : 0m33.

14 — Vase, décor imitant le bronze vert de grisé frotté d'or, offrant des cachets et des emblêmes avec anses ajourées. Époque Kien-Long. Socle en bois de fer.

Collection Bourrée.

Haut. : 0m50.

15 — Vase fond blanc craquelé, décoré de poissons et de coquilles, col ornementé à guirlandes et pompons en bleu sur couverte, avec anses, Époque Ming. Socle en bois de fer.

Haut. : 0m50.

16 — VASE en craquelé gris. Époque Kang-Hi. Socle en bois de fer sculpté.

Haut. : 0m40.

17 — VASE A QUATRE FACES, famille verte, décoré de médaillons carrés et en forme d'éventails à chimères et paysages, fond vert à semis de fleurs et de plantes. Époque des Ming.

Collection FOURNIER.

Haut. : 0m40.

18 — DEUX GARGOULETTES, décor par compartiments en bleu sur blanc, paysages fleurs et crâbes. Époque Kang-Hi. Socles en bois.

Haut. : 0m23.

19 — VASE forme balustre renversé, décor imitant le granit foncé. Époque Kang-Hi. Socle en bois.

Haut. : 0m30.

20 — VASE à panse renflée, décor en relief, fond gravé à lambrequins et ornements en brun foncé sur ton clair. Époque Kien-Long. Socle en bois de fer.

Haut. : 0m40.

21 — BOL fond rose vermiculé, avec réserves à fleurs sur fond blanc. Intérieur décoré en bleu. Époque Tao-Konang. Socle en bois.

Diam. : 0m15.

22 — BOL décoré sous couverte et gravé de feuillages, de fleurs et de papillons. Epoque Kang-Hi. Socle en bois sculpté.

Diam. : 0m15.

23 — Chimère assise en céladon bleu turquoise, regardant de face. Socle en bois de fer.

Collection Lafaulotte.

24 — Petite bouteille en craquelé, sur fond feuille morte. Époque Kang-Hi. Socle en bois.

25 — Petite bouteille, panse renflée, couleur vert d'eau, Epoque Kang-Hi.

26 — Petite bouteille, fond gros bleu. Époque Kang-Hi. Socle en bois.

27 — Bol fond blanc, décoré d'oiseaux et de lapins, en bleu avec gaudrons. Époque Kang-Hi.

Diam. : 0m14.

28 — Bol orné de dessins en bleu sur blanc, fond gaudrons. Époque Kang-Hi.

Diam. : 0m15.

29 — Bol décor bleu sur blanc à guirlandes de fleurs, bordure quadrillé et réserves. Époque Kang-Hi. Socle en bois de fer.

Diam. : 0m15.

30 — Bol décor en bleu sur blanc à branchage feuillagé et fleuri, bordure à quadrillés, intérieur offrant une fleur. Époque Kang-Hi. Socle en bois de fer.

Diam. : 0m140.

31 — Ecritoire, fond vert craquelé. Époque Kang-Hi. Socle en bois.

32 — Deux petites tasses à eau-de-vie de riz décor en bleu sur fond blanc craquelé. Époque Tching-Hoa. Socle en bois.

33 — Boite ronde à fard, fond bleu ciel après la pluie, décor gravé sous couverte. Époque Kang-Hi. Socle en bois.

34 — Petite bouteille, fond rouge haricot. Époque Kang-Hi. Socle en bois.

35 — Petite bouteille fond blanc gravé sous couverte. Époque Kang-Hi. Socle en bois.

36 — Petite potiche à pans, décor rouge cuivre et or. Époque Kang-Hi. Socle en bois.

37 — Petit vase à quatre faces, décor en relief en bleu, à ornements et cachets en rouge de cuivre, avec anses. Époque Kien-Long. Socle en bois.

38 — Petit vase à panse écrasée, en bleu truité. Époque Kang-Hi. Socle en bois.

39 — Coupe a sacrifice, forme fleur de lotus en blanc de Chine, décorée d'inscriptions sous couverte. Époque Kang-Hi. Socle en bois de fer.

40 — Petit vase en céladon bleu turquoise, décor gravé et en relief à ornements et cachets, anses à trompes d'éléphants. Époque Kien-Long. Socle en bois.

41 — Petite bouteille en blanc de Chine, décor gravé sous couverte au dragon céladonné. Epoque Young-tchin, socle en bois.

42 — Petite coupe a sacrifice en blanc de Chine, forme octogonale, décor gravé sous couverte à inscriptions. Epoque Kang-hi. Socle en bois.

43 — Petit vase forme balustre, renversé en craquelé gris. Epoque Kang-hi. Socle en bois.

44 — Deux tasses et leurs soucoupes offrant des poissons en rouge et or, avec fleurs en relief. Epoque Kien-Long.

45 — Petit vase de forme cotelée, rouge corail, intérieur fond bleu verdi. Epoque Kien-Long. Socle en bois.

46 — Très jolie assiette ancienne pâte coquille d'œuf, décor offrant une scène familiale, composition de cinq personnages, marli à œils de perdrix avec médaillons de fleurs et cachets.

Collection Denain.

Diam. : 0m18.

47 — Compotier, ancienne pâte coquille d'œuf, offrant des fleurs et des plantes en toutes nuances.

Collection de Goncourt.

Diam. : 0m18.

48 — Bol fond jaune impérial, orné de deux dragons verts à cinq griffes, gravés dans la pâte. Epoque Ming. Socle en bois sculpté.

Collection d'Alcochete.

Diam. : 0m20.

49 — Bol évasé en gris craquelé, décoré à l'intérieur et à l'extérieur de dragons. Epoque Kang-hi. Socle haut en bois sculpté.

Collection Vappereau.

Diam. : 0m22.

50 — Bol en grès émaillé de Chine, forme octogonale, offrant à l'extérieur des cachets. Epoque Kien-Long. Socle en bois.

51 — Grand bol sur son plateau, décor en bleu, paysage montagneux et pagodes. Epoque Ming.

52 — Petit bol fond vert, à décor de dragons, en violet. Epoque Tao-Kouang. Socle en bois.

Diam. : 0m10.

53 — Bol fond blanc, décoré de branchages fleuris en bleu. Epoque Kang-hi.

Diam. : 0m14.

54 — Grand bol fond corail, décoré de figures d'enfants en émaux de couleur, jouant dans des parcs dont les arbres et les balustrades se dessinent à rehauts d'or. Epoque Kang-hi. Socle en bois de fer.

Diam. : 0m20.

55 — Brule parfums de la famille verte, décor représentant des assemblées de mandarins et des scènes rituelles à nombreux petits personnages. Epoque Kang-hi. Socle et couvercle en bois de fer sculpté à jour, à buissons de fleurs.

Diam. : 0m23.

56 — VASE à deux anses, têtes d'éléphants, couleur airain à reflets métalliques. Epoque Kang-hi. Socle en bois.

Collection BOURRÉE.

Haut. : 0m30.

57 — PETITE BOUTEILLE panse évasée, fond brun, saupoudrée de limaille d'argent. Epoque Kang-hi. Socle en bois.

Haut. : 0m17.

58 — BOUTEILLE à goulot évasé, décor craquelé, fond fraise écrasé avec pointillé cuivre rouge. Epoque Kang-hi, socle en bois de fer.

Haut. : 0m18.

59 — PETIT VASE verre camélia craquelé. Epoque Kang-hi. Socle en bois.

Haut. : 0m15.

60 — PETITE JARDINIÈRE flambé rouge, intérieur craquelé. Epoque Kang-hi. Socle en bois de fer.

Haut. : 0m08.

61 — BOL AVEC COUVERCLE fond d'or avec émaux de couleur sous couverte à réserves de canards et cigogne. Pâte demi-coquille d'œuf. Epoque Kang-Hi.

Haut. : 0m09.

62 — PETIT CORNET flambé rubis. Époque Kang-Hi. Socle en bois.

Haut. : 0m09.

63 — Petite jardinière, décor très fin en bleu sur fond blanc, dessin à fleurs et branchages. Époque Kien-Long. Socle en bois.

Haut. : 0m10.

64 — Boite a thé en forme de potiche, décor vert, jaune, rouge et bleu à cachets et entrelacs. Époque Young-Tchin. Socle en bois de fer.

Haut. : 0m10.

65 — Bol fond blanc à médaillons, vases fleuris, bordure à perlés et bandes rehaussés d'or. Époque Kien-Long. Travail chinois exécuté pour l'Europe. Socle en bois.

Diam. : 0m20.

66 — Boite lenticulaire à fards, décor bleu et blanc : Grand dragon à cinq griffes. Époque Kang-Hi. Porcelaine Wai-tsé. Socle en bois.

67 — Boite lenticulaire à fard, décor en bleu sur fond crème, au dragon à cinq griffes. Porcelaine Fin-Ting. Époque Kang-Hi.

68 — Deux petites gourdes fond noir. Époque Kang-Hi. Socle en bois.

Haut. : 0m12.

69 — Petit vase à panse renflée fond vert oseille. Époque Kang-Hi. Socle en bois.

Collection Sichel.

Haut. : 0m12.

70 — BOUTEILLE couleur rouge tomate. Époque Kang-Hi. Socle en bois.

Haut. : 0m14.

71 — BOL, décor à fleurs gravées sous couverte, couleur céladon vert d'eau. Socle en bois.

72 — PETIT VASE forme tronc d'arbre, émail bleu pointillé, décor imitant le granit. Époque Kang-Hi. Socle en bois.

Haut. : 0m09.

73 — TASSE ET SOUCOUPE, ancienne pâte coquille d'œuf, famille rose, décor représentant une musicienne.

Collection FOURNIER.

74 — TASSE ET SOUCOUPE, pâte coquille d'œuf, famille rose, décor représentant une danseuse. Époque Kieng-Long.

Collection FOURNIER.

75 — CORNET, décor bleu saphir sur fond crème, pâte tendre ondulée à branchages fleuris. Époque Kang-Hi. Socle en bois.

Haut. : 0m20.

76 — PETIT VASE forme balustre renversé, couleur jaune moutarde craquelé. Socle en bois de fer.

Haut. : 0m11.

77 — Bol fond jaune impérial vermiculé avec réserves en émaux polychromes à branchages fleuris, intérieur décor bleu. Époque Tao-Kouan. Socle en bois.

Diam. : 0m14.

78 — Vase vert céladon craquelé, décor losanges. Époque Ming. Porcelaine Martabani. Socle en bois.

Haut. : 0m16.

79 — Brule-parfums à grandes anses, couvercle surmonté du chien de Fô, décor rouge corail, bleu, vert et jaune par enlevages à fleurs et ornements. Époque des Ming. Socle en bois de fer.

Haut. : 0m15.

80 — Grand bol jaune impérial avec dragons gravés sous couverte. Époque Kang-Hi. Socle en bois.

Diam. : 0m20.

81 — Petite jardinière, biscuit émaillé bleu turquoise. Époque Kang-Hi. Socle en bois.

Diam. : 0m14.

82 — Bol fond bleu fouetté, rehaussé d'or, décor montagnes, chrysanthèmes et caractères rituels, bordure interne à objets d'ameublements. Époque Kang-Hi. Socle en bois.

Collection Bourrée.

Diam. : 0m18.

83 — Pot a crème avec couvercle, décor bleu sur blanc à arbustes et balustrades. Époque Kang-Hi.

Haut. : 0m18

84 — Petite bouteille vert pomme truité. Époque Kang-Hi.

Haut. : 0m15.

85 — Bol, décor chevaux courants dans des nuages de poussière en vert avec griffes de dragons en émaux violet, fleurs et libellules en blanc et jaune à l'intérieur comme à l'extérieur. Époque des Ming. Socle en bois de fer.

Haut. : 0m07

86 — Petite gourde flambé bleui. Époque Kang-Hi. Socle en bois.

Haut. : 0.14.

87 -- Petit vase blanc avec rosaces en bas relief. Époque Kang-Hi. Socle en bois.

Haut. : 0.10.

88 — Petite bouteille, décor violet marbré. Époque Kang-Hi. Socle en bois.

Haut. : 0m15.

89 — Coupe a sacrifice, fond rouge à cachets et rosaces rehaussés d'or, anse bleuté. Intérieur turquoise. Époque Kien-Long.

Long. : 0m10.

90 — PETITE GOURDE, décor marbré vert jaune et violet. Époque Kang-Hi. Socle en bois.

Haut. : 0m12.

91 — TASSE ET SOUCOUPE, pâte coquille d'œuf famille rose, décor aux coqs sur cartouche de terrain fleuri, bordure quadrillée vert, marli mosaïque clâtrée fond d'or. Époque Young-Tchin.

92 — TASSE ET SOUCOUPE, fond imitant le marbre rouge, avec animaux et fleurs de pêcher en émaux de couleur. Époque Young-Tchin.

93 — BOL, fond capucine claire, décor plantes et fleurs en émaux de couleur, intérieur par enlevage en blanc, bordure polychrome. Époque Kang-Hi. Socle en bois de fer.

Diam. : 0m20.

94 — TASSE ET SOUCOUPE, pâte fine, décor aux coqs et paysages fleuris, bordure quadrillée. Epoque Young-Tchin.

95 — BOL, décor par enlevages, relief blanc, fond vert pâle avec médaillons objets d'ameublement en rouge et or. Époque Kang-Hi. Socle en bois de fer.

Diam. : 0m20.

96 — PETIT VASE, décor uni fond vert lentille. Époque Kang-Hi. Socle en bois de fer.

Haut. : 0m11.

97 — BOL, décor à guirlandes de fleurs et branchages en bleu. Époque Kang-Hi. Socle en bois.

98 — Bol, décor à vases décoratifs et sceptres de mandarins en bleu. Époque Kang-Hi. Socle en bois.

Diam. : 0m15.

99 — Vase, forme balustre renversé décor à gerbes de fleurs et de plantes en bleu sur blanc. Epoque Kang-Hi.

Haut. : 2m00.

100 — Petite jardinière surbaissée, en ancien blanc de Chine. Epoque Kang-Hi. Socle en bois.

101 — Bol, décor à entrelacs fleuris en bleu sur blanc dans le goût persan. Epoque Kang-Hi.

Diam. : 0m17.

102 — Compotier, décor bleu sur blanc bordure à arabesques fleuries avec cerf et biche au centre. Époque des Ming.

Diam. : 0 m. 30.

103 — Plat creux, fond capucine uni. Époque Kang-hi.

Diam. : 0 m. 35.

104 — Assiette, famille rose, décor en émaux de couleur, scène familiale, bordure quadrillé fond rose. Epoque Kien-Long.

Diam. : 0 m. 23.

105 — Deux plats, offrant au centre des personnages dans des maisons, sur les bords des fleurs en bleu sur blanc. Époque Kang-hi.

Diam. : 0 m. 32.

106 — Plat fond capucine avec rosaces, guirlandes et entrelacs à rehauts d'or. Époque Kien-long.

Diam. : o m. 35.

107 — Grand plat creux, offrant en camaïeu bleu, un paysage fleuri avec gros chêne, décor au revers. Époque Kang-hi.

Diam. : o m. 42.

108 — Petit compotier, de la famille rose, décor offrant une scène champêtre, bordure à mosaïque clatrée rose, Époque Kien-long.

Diam. : o m. 20.

109 — Deux compotiers, décors à fleurs, branchages et bambous en bleu. Époque Kang-hi.

Diam. : o m. 25.

110 — Deux assiettes, décor à personnages dans des maisons, bordure à quadrillés et médaillons en bleu sur blanc. Epoque Tching-Hoa.

Diam. : o m. 27.

111 — Plat, décor à paysage, bordure à fleurs en bleu sur blanc. Époque Kang-hi.

Diam. : o. m. 35.

112 — Plat, décor rosace par compartiments, et à fleurs en bleu sur blanc. Époque Kang-hi.

Diam. : o. m. 40.

113 — PLAT, décor aux pivoines et bandes à compartiments en bleu sur blanc. Époque Kang-hi.

Diam. : o m. 36.

114 — ASSIETTE, famille rose, décor scène champêtre. Époque Kien-long.

Diam. o. m. 20.

115 — GRAND PLAT, à marli creux, décor paysages, pagodes et oiseaux en bleu. Époque Kang-hi.

Diam. : o m. 45.

116 — ASSIETTE, famille rose, décor rehauts d'or, paysage fleuri et médaillons marine en camarieu violet. Époque Young-tchin.

Diam. : o m. 21.

117 — COMPOTIER, décor en bleu à pivoines, rosaces et herborisations. Époque Kang-hi.

Diam. : o m. 35.

118 — PLAT, à ombilic, décor, paysage, figures et pagodes en bleu. Époque Kang-Hi.

Diam. : o m. 35.

119 — DEUX ASSIETTES famille rose, décor objets d'ameublement et jetées de fleurs à rehauts d'or, avec marlis, l'un bleu turquoise et l'autre rose. Époque Young-tchin.

Diam. : o m. 21

120 — Compotier, famille verte, décor cavaliers et guerriers, dans un paysage montagneux. Époque Kang-Hi.

Diam. : o m. 27.

121 — Plat creux, famille rose, décor cartouche de terrain fleuri. Époque Young-Tchin.

Diam. : o^m35.

122 — Plat, décor bleu à paysages avec volatiles, bords à médaillons. Époque Kang-Hi.

Diam. : o^m37.

123 — Grand compotier, fond jaune à gerbes fleuries et arabesques en bleu. Époque Kien-Long.

Diam. : o^m40.

124 — Plat ovale, famille rose à branchages fleuris, pièce de commande pour l'Europe imitant la faïence. Époque Kang-Hi.

Diam. : o^m47.

125 — Compotier, famille verte, bordure dentelée et cannelée à pivoines. Époque Ming.

Diam. : o^m35.

126 — Grand plat, décor bleu, rouge et or à vase fleuri et balustrade. Époque Kang-Hi.

Diam. : o^m39.

127 — Compotier, famille verte, décor à poissons en émaux de couleur. Époque Kang-Hi.

Diam. : 0m27.

128 — Grande assiette, décor chien de Fô, perroquets et pigeons en bleu sur fond à petites rosaces, quadrillés en rouge de cuivre. Époque des Ming.

Diam. : 0m27.

129 — Compotier, décor en bleu, à bambous, marli gravé sous couverte. Époque Kang-Hi.

Diam. : 0m26-

130 — Plat, décor bleu à personnages au bord d'une rivière, bordure à fleurs.

Diam. : 0m32.

131 — Grand plat, décor en bleu sur blanc à grande jardinière fleurie, bordure à jetés de fleurs. Époque Kang-Hi.

Diam, : 0m40.

132 — Sept assiettes, décor en bleu à rosaces et fraises au milieu d'entrelacs. Époque Kang-Hi.

Diam. : 0m26.

133 — Trois assiettes, décor en bleu à jardinières sur un guéridon au milieu de branchages fleuris. Époque Kang-Hi.

Diam. : 0m27.

134 — Deux petits compotiers, décor en bleu, bordure à compartiments. Époque Kang-Hi.

Diam. : 0m21.

135 — Compotier, décor en bleu sur blanc à branchages, extérieur fond brun capucine. Époque Kang-Hi.

Diam. : 0m22.

136 — Assiette, décor en bleu sur blanc à jardinière, rochers et bambous. Époque Kang-Hi.

Diam. : 0m28.

137 — Assiette, décor en bleu à rocher, pivoines et bambous. Époque Kang-Hi.

Diam. : 0m28.

138 — Plat, décor en bleu et blanc à terrasse et balustrade, bordure à compartiments. Époque Kang-Hi.

Diam. : 0m28.

139 — Plat fond jaune impérial, décor en bleu à entrelacs fleuris. Époque Kang-Hi.

Diam. : 0m38.

140 — Assiette, décor en bleu représentant un personnage au bord d'une rivière. Époque Kang-Hi.

Diam. : 0m28.

141 — Grand compotier, décor en bleu sur blanc à corbeille fleurie. Époque Kang-Hi.

Diam. : 0m35.

142 — Deux assiettes, décor à rosaces fleuries en bleu sur blanc. Époque Khang-Hi.

Diam. : 0m24.

143 — Grand plat, décor en bleu à branchages de fleurs, bordure ornementée. Époque Kang-Hi.

Diam. : 0m45.

144 — Assiette, décor en bleu à rouleaux de papier représentant une balustrade et des arbustes. Époque Kang-Hi.

Diam. : 0m24.

145 — Assiette, décor en bleu sur blanc à ornement dessinant une croix. Époque Kang-Hi.

Diam. : 0m24.

146 — Deux grands plats en blanc, filets dorés. Époque Kang-Hi.

Diam. : 0m38.

147 — Soixante soucoupes de diverses grandeurs et décors variés en bleu sur blanc.

ANCIENNES PORCELAINES DU JAPON

148 — Coupe évasée à bords lobés, émail truité, presque entièrement recouverte d'émaux de tons alternant vert et blanc avec des effets multiples de rouge et de bleu, genre de Séto, connu sous le nom d'Ofoké. Socle en bois.

Collection Clémenceau.

Diam. : 0^m18.

149 — Grand bol sur pied en ancien grès émaillé, décor à l'intérieur de cigognes et à l'extérieur de cigognes prenant leurs ébats dans les airs, en jaune sur fond vert.

Collection Clémenceau.

Diam. : 0^m27.

150 — Trois vases forme balustres renversés, décor en relief, oiseau de paradis et paysage fleuri en bleu, rouge et or.

Haut. : 0^m20.

151 — Bol, décor en bleu et rouge de fer à balustrade et arbustes, bordure quadrillée.

Diam. : $0^m 15$.

152 — Bol de Kaga à personnages et inscriptions en rouge et or.

Diam. : 1^m12.

153 — Buire décor rouge, bleu et or, à branchages fleuris.

Haut. : 0m15.

154 — Deux bols avec couvercles et soucoupes, décor bleu et blanc à canards au milieu de roseaux. Pate coquille d'œuf.

Signés.

155 — Bol ancien Satzuma, décor : divinités en émaux de couleur et or.

Vente Sichel.

Haut. . 0m08.

156 — Boite lenticulaire, vieux Satzuma, offrant à l'intérieur sur fond d'or un personnage fabuleux en costume finement dessiné avec des reflets d'émeraudes. Le couvercle à l'intérieur représente un groupe de deux figures et à l'extérieur un semis de dessins en violet blanc et vert sur fond d'or.

Vente Fournier.

Diam. : 0m10.

157 — Tasse avec soucoupe et présentoir, pâte fine, décor à branchages en bleu sur blanc.

158 — Flacon a thé, pantagonal à fleurs et herbages en bleu sur blanc.

Haut. : 0m12.

159 — Tasse et soucoupe, bords dentelés, décor paysages en bleu sur blanc.

160 — Grand plat, décor polychrome et or à fleurs et paysages.

Diam. : 0m55.

161 — Grand plat rond à fleurs et feuilles par compartiments en bleu sur blanc.

Diam. : 0m57.

162 — Deux grands plats ronds, décor au centre à paysages animés d'oiseaux, bordure par compartiments, en bleu sur blanc.

Diam. : 0m50.

163 — Deux compotiers, décors paysages et fleurs, polychromes et or.

Diam. : 0m22.

164 — Plat rond, décor bleu rouge et or à fleurs, avec médaillons réservés en blanc à fleurs et balustrades.

Diam. : 0m37.

165 — Deux assiettes décor en bleu, à arbuste et fleurs, bordure à petits ornements.

Diam. : 0m27.

166 — Bol, décor à fleurs et balustrade, en bleu rouge et or.

Diam. : 0m14.

TABLEAUX, DESSINS, GRAVURES

BAKALOWICZ

167 — *Au bal masqué.*

Signé à droite.
Cadre en bois sculpté et doré.

BAKALOWICZ

168 — *La lecture du sonnet.*

Signé à droite.
Cadre en bois sculpté et doré.

BAKALOWICZ

169-170 — *L'Hiver et l'Eté.*

Deux petits tableaux.
Cadre en bois sculpté et doré.

BAUDOUIN (D'après)

171 — *Le coucher de la mariée.*

Gravure.

BROWN (John Lewis)

172 — *Cheval au pas et chevaux de course.*

Deux dessins dans un même cadre.

GAVARNI

173 — *La Petite balayeuse.*

Dessin rehaussé de couleur.
Signé à droite.

HOPNER

174 — *Portrait de jeune fille.*

Gravure en couleur, par J.-R. Smith Mezzotinto.
Cadre ancien en bois sculpté.

HUBERT Robert

175 — *Personnages et animaux près de ruines.*

Dessin rehaussé de couleur.
Cadre ovale ancien en bois sculpté et doré.

LEFÈVRE, (D'après ROBERT)

176 — *Portrait de Louis XVIII.*

Gravure en couleur par Levachez.

LAVREINCE (D'après)

177 — *Le Billet doux.*

Gravure.

MILLOT

178-180 — *Bords de Rivière.*

Trois aquarelles.

181-182 — *Coucher de soleil et effet d'hiver.*

Deux aquarelles se faisant pendants.

183 — *Barque sur un fleuve en Orient.*

Aquarelle : Signée.

184-185 — *Entrée de forêt et bord de rivière.*

Deux aquarelles se faisant pendants. Signées

186 — *La mare.*

Aquarelle. Signée.

187 — *Promenade au bord d'un lac.*

Aquarelle. Signée à droite.

PASCAL

188-190 *Scènes d'Algérie.*

Trois aquarelles gouachées.

SMITH (D'après J.-R.)

191 — *A lecture on gadding.*

Gravure en couleur par F. Bartholozzi
Cadre ancien en bois sculpté.

ÉCOLE MODERNE

192 — *Sous bois.* Aquarelle.

193 — *Marine.* Aquarelle.

194 — *Vue d'un port.* Aquarelle.

195 — *Sous bois.* Aquarelle.

196 — *Paysage Alpin.* Aquarelle.

SCULPTURES

197 — Statuette en marbre blanc : *Rébecca à la fontaine*, de MASINI, Sur gaine en velours rouge.

Haut. : 1m05.
Haut. : totale 2 mètres.

198 — Beau groupe en albâtre : la *Naissance de Vénus*. Sur colonne en marbre vert de Florence.

Haut. : 0m80.
Haut. : 1m90.

199 — Buste de jeune fille en marbre blanc : *la Rieuse*.

200 — Statuette en marbre vert représentant : *Mercure*. d'après Jean de BOLOGNE.

OBJETS D'ART, BRONZES

201 — Très belle statuette équestre en bronze, du commencement du XVIIIe siècle, représentant Louis XIV à cheval en empereur romain. Sur socle en marbre rouge antique.

Provient de la collection du château de Langeais.

Haut. : 0m41.
Haut. totale : 0m61.

202 — Groupe en bronze : *Bacchantes et petit faune*, de Clodion, édition de Raingo, sur socle en marbre rouge.

203 — Grand cache-pot en porcelaine de Sèvres gros bleu ombré, à filets dorés.

204 — Deux petites potiches en porcelaine de Copenhague, décor à vols de papillons.

205 — Deux statuettes en biscuit de Sèvres : *Garde à vous* et *l'Amour à l'Arc*, de Falconnet, sur socle en porcelaine gros bleu à filets doré.

206 — Jolie aiguière et son plateau en émail fond grenat, dessin à figures au milieu d'ornements raphaëlesques, anse à cariatide de femme ailée. Style Renaissance.

207-209 — Garniture de salon en bronze finement ciselé, doré et émaillé bleu à guirlandes de fruits et de fleurs. Style Louis XVI. Il se compose :

1° D'un lustre à douze lumières.

2° De deux appliques à trois lumières suspendues à des nœuds de rubans.

3° D'une paire de candélabres à six lumières.

210 — Coupe de forme carrée en marbre rouge antique sculpté, coins ornés de cygnes, sur piédestal en marbre rouge antique. Ier Empire.

211 — Grand groupe en bronze : *L'Immortalité*, signé Longepied, édition de Thiébault, socle en velours rouge.

212 — Paire de lampes en bronze ciselé et doré à arabesques, guirlandes de fleurs et têtes d'enfants, pieds en marbre rouge ornés d'un perlé de bronze. Style Louis XVI.

Travail de Parvillers.

213 — Aiguière et son bassin en argent ciselé et doré à rocailles fleuronnées. Époque Restauration.

214 — Coffret rectangulaire en argent repoussé, ciselé et doré à rocailles. Époque de la Restauration.

215 — Encrier en bronze ciselé et doré à rocailles feuillagées et fleuries, surmonté d'une statuette en porcelaine : *Sonneur de trompe*. Style Louis XV.

216 — Suspension de salle à manger en bronze ciselé et poli, système à gaz à une lampe et douze bougies. Style Renaissance.

217 — Statuette en bronze représentant le Dieu Mars, d'Auguste Moreau, édition de Raingo.

218 — Paire de lampes formées de bouteilles en porcelaine de Chine, décor bleu flambé, monture en bronze doré, de la maison Parvillers.

219 — Garniture de cheminée en onyx ornée de bronze doré, composée d'une pendule et deux candélabres à quatre lumières.

220 — Deux chenets en bronze dorés : Lions assis.

221 — Pare-étincelles forme éventail en bronze doré.

222 — Suspension-jardinière en bronze émaillé bleu, décorée de draperies, de têtes de béliers en bronze doré et se terminant par une pomme de pin.

223 — Deux petites buires en porcelaine anglaise.

224 — Poisson en porcelaine de Copenhague.

225 — Petite garniture de cheminée de style Louis XVI, en bronze ciselé et doré, composée d'une pendule, de deux petits candélabres à deux lumières et de deux flambeaux.

226 — Deux chenêts de style Louis XVI, en bronze doré, ornés de pomme de pin.

227 — Devant de feu en bronze ciselé et doré, forme vase enguirlandé sur balustrade. Style Louis XVI.

228 — Pare-étincelles grillagé, en bronze ciselé et doré, à nœuds de rubans et guirlandes. Style Louis XVI.

229 — Lanterne d'antichambre en fer forgé, garnie de vitraux.

230 — Deux chenêts en cuivre. Style Louis XIII.

231 — Paire de flambeaux en bronze.

232 — Lanterne d'antichambre, forme boule en verre dépoli et bronze.

233 — Lampe d'applique en bronze repercé à jour.

234 — Devant de foyer avec barre en bronze poli repercé à jour. Style Louis XIII.

235 — Deux bouteilles à long col en porcelaine de Sèvres, fond blanc et fond brun à filets dorés.

MOBILIER

236 — Bel ameublement de salon en noyer sculpté rehaussé d'or, fronton à feuillage et écusson, bordure perlée et rais de cœur, couvert en velours de Gênes à bouquets et guirlandes de fleurs sur fond crême, composé d'un canapé, quatre fauteuils et quatre chaises. Style Louis XVI.

237 — Deux fauteuils et deux chaises couverts en velours de Gênes rouge, à bouquets de fleurs sur fond crême.

238 — Huit chaises en bois doré, genre bambou, couvertes en soierie de différentes nuances.

239 — Grande et belle vitrine en bois noir, richement garnie de bronzes finement ciselés, à cariatides de femmes, allégories aux Saisons, bandeau à cannelures, bordure à perlés.

240 — Belle table de salon en palissandre, pieds cannelés reliés par un croisillon, garnie de bronzes ciselés et dorés, bandeau à draperies reliées par des nœuds de rubans, frise à jeux d'amours, dessus en onyx d'Algérie. Style Louis XVI.

241 — Deux consoles de même style et de même travail.

242 — Colonne cannelée en noyer sculpté, base ornée d'un thyrse de laurier, en bois sculpté et doré. Style Louis XVI.

243 — Meuble a deux corps en bois de fer sculpté, formant vitrine dans le haut et étagère dans le bas, avec gradins en velours grenat.

244 — Petite table étagère en bois des Iles, dessus incrusté de nacre et de burgau.

244 *bis* — Petite table couverte en velours grenat, pieds en X en noyer sculpté, rehaussé d'or.

245 — Petite console en bois de palissandre et de violette, dessin à losanges, garnie de bronzes ciselés et dorés à arabesques feuillagées. Style Louis XVI.

246 — Guéridon en malachite sur pied en bronze doré, dans le goût oriental.

247 — Table orientale de forme octogonale en bois marqueté et incrusté de nacre.

248 — Table a narghilé, forme octogonale en marqueterie de bois, incrusté de nacre.

249 — Petite table support turque en marqueterie de bois, incrustée de nacre avec inscription au centre.

250 — Ameublement de salle a manger en noyer sculpté de style Renaissance. Il se compose d'un buffet à deux corps flanqués de colonnettes, panneaux des portes offrant des médaillons ornementés et à têtes de femme et de guerrier, le haut à galerie; d'une table rectangulaire sur pieds reliés par une arcade; de douze chaises couvertes en cuir clouté de cuivre, et d'une desservante à deux tiroirs et à dessus de marbre rouge griotte.

251 — GLACE BISEAUTÉE avec cadre en verre de Venise.

252 — PETIT MEUBLE formant étagère en bois de fer sculpté et ajouré. Travail chinois.

253 — COLONNE formée par une réunion de colonnettes surmontées d'un chapiteau corinthien en noyer sculpté. Style Renaissance.

254 — TRÈS BELLE CHAMBRE A COUCHER en noyer sculpté de style Renaissance à colonnettes, rinceaux, guirlandes et corbeilles de fleurs. Composée d'un lit, d'une armoire à glace biseautée et d'une table de nuit.

255 — CHAISE LONGUE couverte en soie gris perle brochée à fleurs.

256 — FAUTEUIL couvert en soie gris perle brochée à fleurs.

257 — DEUX PETITES CHAISES LÉGÈRES couvertes en même étoffe.

258 — GLACE à fronton ornementé en verre de Venise gravé.

259 — AMEUBLEMENT DE CHAMBRE A COUCHER en noyer sculpté. Composé d'un lit de milieu avec fronton à tête de femme et galerie, d'une armoire à glace biseautée flanquée de colonnettes et d'une table de nuit à dessus de marbre veiné. Style Renaissance.

260 — GLACE BISEAUTÉE avec cadre en noyer sculpté, fronton à tête de femme. Style Renaissance.

261 — BUREAU PLAT en noyer sculpté ouvrant à deux tiroirs, ornés de coquilles. Style Henri II.

262 — PETITE TABLE en noyer sculpté, pied à colonnettes. Style Renaissance.

263 — PUPITRE en bois de violette et filet de citronnier, avec tiroirs sur les côtés.

264 — DEUX FAUTEUILS ET DEUX CHAISES couverts en tapis d'Orient.

265 — DEUX CHAISES en noyer couvertes en tapis oriental.

266 — PETITE TABLE à narghilé en marqueterie de bois incrustée de nacre. Travail d'Orient.

267 — DEUX GRANDES GLACES hautes avec cadres en bois.

268 — AMEUBLEMENT DE CHAMBRE A COUCHER en palissandre sculpté, style Renaissance, composé d'un lit de milieu, d'une armoire à glace biseautée, d'une table de nuit chiffonnière, dessus en marbre blanc, et de deux chaises couvertes en soierie bleue.

269 — LIT et literie en cuivre.

270 — TOILETTE en bambou, dessus en marbre blanc et étagère.

271 — TABLE A JEU en palissandre sculpté, dessus en drap vert. Style Louis XV.

272 — Table en chêne sculpté. Style Louis XIII.

273 — Porte-manteau en chêne, à fond de glace.

274 — Armoire à deux portes en chêne.

275 — Trois chaises, en chêne sculpté foncées de canne.

276 — Canapé, deux fauteuils et deux chaises en soie blanche brochée à fleurs, rampe en peluche rouge.

277 — Glace ovale biseautée, avec cadre doré à fonds de glace biseautées. Style Louis XIV.

278 — Ecran en soie peinte à petit bouquet de fleurs.

279 — Petit écran, forme paravent, en soie verte, à fleurs et oiseaux.

280 — Petit tabouret oriental, orné d'inscrustations de nacre et de bois.

281 — Petit bureau en palissandre, le haut forme étagère avec quatre tiroirs et entourage en bronze doré à filets et perlés. Style Louis XVI.

282 — Chambre a coucher en pitchpin composée d'un lit de milieu, d'une armoire à glace, d'une table de nuit, d'une toilette à dessus de marbre blanc et de deux chaises couvertes de cretonne.

283 CHAMBRE A COUCHER en pitchpin composée d'un lit de milieu, une armoire à glace, une table de nuit, une toilette à dessus de marbre blanc et deux chaises.

284 — PARAVENT à quatre feuilles.

285 — TABLE DE TOILETTE en pitchpin, avec dessus et étagère en marbre blanc.

286 — GRANDE ARMOIRE en chêne, s'ouvrant à deux portes. Epoque Louis XIV.

287 — FAUTEUIL ET CHAISE BASSE, couverts en cretonne à fleurs.

288 — BANQUETTE D'ANTICHAMBRE en chêne sculpté, de style Henri II.

289 — TABLE en chêne sculpté de même travail.

290 — DEUX CHAISES en chêne sculpté de même travail.

291 — PORTE-PARAPLUIE en chêne sculpté.

292 — GLACE RECTANGULAIRE.

OBJETS DIVERS

293 — Buire en argent ciselé et doré, avec anse formée par une figure allégorique de Psyché, la panse est ornée d'une frise en bas-relief. Epoque Ier Empire.

294 — Deux gobelets dont un se dédouble, en vermeil, avec couvercles ciselés. Epoque Ier Empire.

295 — Cave a liqueurs en noyer, ornée de glaces biseautées, flacons et verre en cristal gravé.

296 — Service de table en porcelaine blanche à dentelures, décor à fleurs de la maison Pillivuyt.

297 — Douze tasses a café et douze soucoupes, porcelaine blanche, chiffre orné A. B. de la maison Pellivuyt.

298 — Service de table en faïence anglaise, décor en bleu.

299 — Service de table en cristal taillé.

300 — Verreries diverses.

301 — Trois croisées composées chacune de deux vantaux en vitraux de couleur.

TENTURES

302 — Trois décors de croisée en velours rouge et velours vert garni de franges et passementerie assorties, accompagnés de bonnes grâces.

303 — Décor de lit et de deux croisées en tapis d'Orient.

304 — Décor de lit et de deux croisées en étoffe de soie bleue brochée à fleurs et draperie en peluche chaudron.

305 — Deux décors de croisée et un tapis de table en tapisserie au point à grands ramages sur fond noir.

306 — Décors de lit et d'une croisée en cretonne à fleurs.

307 — Décors de lit et d'une croisée en cretonne fond crème à bouquets de fleurs.

308 — Décor de croisée, décors de trois portes et un autre de baie en velours de lin bleu garni de galons d'argent.

309 — Deux décors de fenêtres et un décor de lit en soie gris perle brochée à fleurs avec bandes en velours bleu.

310 — Décor de croisée à cretonne fond bleu à bouquets de fleurs.

311-317 — Huit tapis en moquette fond rouge à dessin polychrome, couvrant huit pièces.

318 — Tapis moquette fond rouge à dessin bleu et crème.

319 — Neuf descentes de lit genre oriental, décors variés.

320 — Objets non catalogués.

www.ingramcontent.com/pod-product-compliance
Ingram Content Group UK Ltd.
Pitfield, Milton Keynes, MK11 3LW, UK
UKHW021951260726
13994UKWH00004B/1668

9 782329 389776